CLIZIA

Niccolò Machiavelli

ATTO PRIMO

Scena prima

PALAMEDEE, CLEANDRO

PALAMEDE. Tu esci sì a buon'ora di casa?

CLEANDRO. Tu, donde vieni sì a buon'ora?

PALAMEDE. Da fare una mia faccenda.

CLEANDRO. Ed io vo a farne un'altra, o, a dire meglio, a cercarla di fare, perché s'io la farò, non ne ho certezza alcuna.

PALAMEDE. È ella cosa che si possa dire?

CLEANDRO. Non so, ma io so bene che la è cosa, che con difficultà si può fare.

PALAMEDE. Orsù, io me ne voglio ire, che io veggo come lo stare accompagnato t'infastidisce; e per questo io ho sempre fuggito la pratica tua, perché sempre ti ho trovato mal disposto e fantastico.

CLEANDRO. Fantastico no, ma innamorato sì.

PALAMEDE. Togli! Tu mi racconci la cappellina in capo!

CLEANDRO. Palamede mio, tu non sai mezze le messe. Io sono sempre vivuto disperato, ed ora vivo più che mai.

PALAMEDE. Come così?

CLEANDRO. Quello ch'io t'ho celato per lo adrieto, io ti voglio manifestare ora, poiché mi sono redutto al termine che mi bisogna soccorso da ciascuno.

PALAMEDE. Se io stavo mal volentieri teco in prima, io starò peggio ora, perché io ho sempre inteso, che tre sorte di uomini si debbono fuggire: cantori, vecchi ed innamorati. Perché, se usi con uno cantore e narrigli uno tuo fatto, quando tu credi che t'oda, e' ti spicca uno «ut, re, mi, fa, sol, la», e gorgogliasi una canzonetta in gola. Se tu sei con uno vecchio, e' ficca el capo in quante chiese e' truova, e va a tutti gli altari a borbottare uno paternostro. Ma di questi duoi lo innamorato è peggio, perché non basta che, se tu gli parli, e' pone una vigna che t'empie gli orecchi di rammarichii e di tanti suoi affanni, che tu sei sforzato a moverti a compassione: perché, s'egli usa con una cantoniera, o ella lo assassina troppo, o ella lo ha cacciato di casa, sempre vi è qualcosa che dire; s'egli ama una donna da bene mille invidie, mille gelosie, mille dispetti lo perturbano; mai non vi manca cagione di dolersi. Pertanto, Cleandro mio, io userò tanto teco, quanto tu arai bisogno di me, altrimenti io fuggirò questi tuoi dolori.

CLEANDRO. Io ho tenute occulte queste mie passioni infino ad ora per coteste cagioni, per non essere fuggito come fastidioso o uccellato come ridiculo, perché io so che molti, sotto spezie di carità, ti fanno parlare, e poi ti ghignano drieto. Ma, poiché ora la Fortuna m'ha condotto in lato, che mi pare avere pochi rimedii, io te lo voglio conferire, per sfogarmi in parte, e anche perché, se mi bisognassi il tuo aiuto, che tu me lo presti.

PALAMEDE. Io sono parato, poiché tu vuoi, ad ascoltar tutto, e così a non fuggire né disagi né pericoli, per aiutarti.

CLEANDRO. Io lo so. Io credo che tu abbia notizia di quella fanciulla, che noi ci abbiamo allevata.

PALAMEDE. Io l'ho veduta. Donde venne?

CLEANDRO. Dirottelo. Quando, dodici anni sono, nel 1494, passò il re Carlo per Firenze, che andava con uno grande essercito alla impresa del Regno, alloggiò in casa nostra uno gentile uomo della compagnia di monsignor di Fois, chiamato Beltramo di Guascogna. Fu costui da mio padre onorato, ed egli, perché uomo da bene era, riguardò ed onorò la casa nostra; e dove molti feciono una inimicizia con quelli Franzesi avevano in casa, mio padre e costui contrassono una amicizia grandissima.

PALAMEDE. Voi avesti una gran ventura più che gli altri, perché quelli che furono messi in casa nostra ci feciono infiniti mali.

CLEANDRO. Credolo; ma a noi non intervenne così. Questo Beltramo ne andò con il suo re a Napoli; e, come tu sai, vinto che Carlo ebbe quel regno, fu constretto a partirsi, perché 'l papa, imperadore, Viniziani e duca di Milano se gli erano conlegati contro. Lasciate, pertanto, parte delle sue gente a Napoli, con il resto se ne venne verso Toscana; e, giunto a Siena, perch'egli intese la Lega avere uno grossissimo essercito sopra il Taro, per combatterlo allo scendere de' monti, gli parve da non perdere tempo in Toscana; e perciò, non per Firenze, ma per la via di Pisa e di Pontremoli, passò in Lombardia. Beltramo sentito il romore de' nimici, e dubitando, come intervenne, non avere a fare la giornata con quelli, avendo in tra la preda fatta a Napoli questa fanciulla, che allora doveva avere cinque anni, d'una bella aria e tutta gentile, deliberò di tôrla d'inanzi a' pericoli, e per uno suo servidore la mandò a mio padre, pregandolo che per suo amore dovessi tanto tenerla, che a più commodo tempo mandassi per lei; né mandò a dire se la era nobile o ignobile: solo ci significò che la si chiamava Clizia. Mio padre e mia madre, perché non avevano altri figliuoli che me, subito se ne innamororono.

PALAMEDE. Innamorato te ne sarai tu!

CLEANDRO. Lasciami dire! E come loro cara figliuola la trattorono. Io, che allora avevo dieci anni, mi cominciai, come fanno e fanciulli, a trastullare seco, e le posi uno amore estraordinario, il quale sempre con la età crebbe; di modo che, quando ella arrivò alla età di dodici anni, mio padre e mia madre cominciorono ad avermi gli occhi alle mani, in modo che, se io solo gli parlavo, andava sottosopra la casa. Questa strettezza (perché sempre si desidera più ciò che si può avere meno) raddoppiò lo amore, ed hammi fatto e fa tanta guerra, che io vivo con più affanni, che s'io fussi in inferno.

PALAMEDE. Beltramo, mandò mai per lei?

CLEANDRO. Di cotestui non si intese mai nulla: crediamo che morissi nella giornata del Taro.

PALAMEDE. Così dovette essere. Ma dimmi: che vuoi tu fare? A che termine sei? Vuo'la tu tòr per moglie, o vorrestila per amica? Che t'impedisce, avendola in casa? Può essere che tu non ci abbia rimedio?

CLEANDRO. Io t'ho a dire dell'altre cose, che saranno con mia vergogna, perciò ch'io voglio che tu sappi ogni cosa.

PALAMEDE. Di' pure.

CLEANDRO. E' mi vien voglia, disse colei, di ridere, ed ho male! Mio padre se n'è innamorato anch'egli.

PALAMEDE. Chi, Nicomaco?!

CLEANDRO. Nicomaco, sì.

PALAMEDE. Puollo fare Iddio?

CLEANDRO. E' lo può fare Iddio e' santi!

PALAMEDE. Oh! questo è il più bel caso, ch'io sentissi mai: e' non se ne guasta se non una casa. Come vivete insieme? che fate? a che pensate? tua madre, sa queste cose?

CLEANDRO. E' lo sa mia madre, le fante, e famigli: egli è una tresca el fatto nostro!

PALAMEDE. Dimmi: infine, dove è ridotta la cosa?

CLEANDRO. Dirottelo. Mio padre, per moglie, quando bene e' non ne fussi innamorato, non me la concederebbe mai, perché è avaro, ed ella è sanza dota. Dubita anche che la non sia ignobile. Io, per me, la torrei per moglie, per amica, ed in tutti quelli modi ch'io la potessi avere. Ma di questo non accade ragionare ora. Solo ti dirò dove noi ci troviamo.

PALAMEDE. Io l'arò caro.

CLEANDRO. Tosto che mio padre si innamorò di costei, che debbe essere circa uno anno, e desiderando di cavarsi questa voglia, che lo fa proprio spasimare, pensò che non c'era altro rimedio che maritarla ad uno che poi gliene accomunassi, perché tentare d'averla prima che maritata gli debbe parere cosa impia e brutta; e, non sapendo dove si gittare, ha eletto per il più fidato a questa cosa Pirro, nostro servo, e menò tanta segreta questa sua fantasia che ad uno pelo la fu per condursi, prima che altri se ne accorgessi. Ma Sofronia, mia madre, che prima un pezzo dello innamoramento si era avveduta, scoperse questo agguato, e con ogni industria, mossa da gelosia ed invidia, attende a guastare. Il che non ha potuto far meglio, che mettere in campo uno altro marito, e biasimare quello; e dice volerla dare ad Eustacchio, nostro fattore. E benché Nicomaco sia di più autorità, nondimeno l'astuzia di mia madre, gli aiuti di noi altri, che, sanza molto scoprirci, gli facciamo, ha tenuta la cosa in ponte più settimane. Tuttavia Nicomaco ci serra forte, ed ha deliberato, a dispetto di mare e di vento, fare oggi questo parentado, e vuole che la meni questa sera, ed ha tolto a pigione quella casetta, dove abita Damone, vicino a noi e dice che gliene vuole comperare, fornirla di masserizie, aprirgli una bottega, e farlo ricco.

PALAMEDE. A te che importa che l'abbia più Pirro che Eustacchio?

CLEANDRO. Come, che m'importa? Questo Pirro è il maggiore ribaldello che sia in Firenze, perché, oltre ad averla pattuita con mio padre, è uomo che mi ebbe sempre in odio, di modo ch'io vorrei che l'avessi più tosto el diavolo dell'inferno. Io scrissi ieri al fattore, che venissi a Firenze: maravigliomi ch'e' non venne iersera. Io voglio star qui, a vedere s'io lo vedessi comparire. Tu, che farai?

PALAMEDE. Andrò a fare una mia faccenda.

CLEANDRO. Va', in buon'ora.

PALAMEDE. Addio. Temporéggiati il meglio puoi, e, se vuoi cosa alcuna, parla.

Scena seconda

CLEANDRO

CLEANDRO. Veramente chi ha detto che lo innamorato ed il soldato si somigliono ha detto il vero. El capitano vuole che i suoi soldati sien giovani, le donne vogliono che i loro amanti non sieno vecchi. Brutta cosa vedere un vecchio soldato, bruttissima è vederlo innamorato. I soldati temono lo sdegno del capitano, gli amanti non meno quello delle loro donne. I soldati dormono in terra allo scoperto, gli amanti su per muricciuoli. I soldati perseguono infino a morte i loro nimici, gli amanti i loro rivali. I soldati, per la oscura notte, nel più gelato verno, vanno per il fango, esposti alle acque ed a' venti, per vincere una impresa, che faccia loro acquistare la vittoria; gli amanti, per simil' vie e con simili e maggiori disagi, di acquistare la loro amata cercano. Ugualmente, nella milizia e nello amore è necessario il secreto, la fede e l'animo, sono e pericoli uguali, ed il fine il più delle volte è simile: il soldato more in una fossa, lo amante more disperato. Così dubito io che non intervenga a me. Ed ho la dama in casa, veggola quanto io voglio, mangio sempre seco! Il che credo che mi sia maggior dolore: perché, quanto è più propinquo l'uomo ad uno suo desiderio, più lo desidera, e, non lo avendo, maggior dolore sente. A me bisogna pensare per ora di sturbare queste nozze; dipoi, nuovi accidenti mi arrecheranno nuovi consigli e nuova fortuna. È egli possibile che Eustachio non venga di villa? E scrissigli che ci fussi infino iersera! Ma io lo veggo spuntare là, da quel canto. Eustachio! o Eustachio!

Scena terza

EUSTACHIO, CLEANDRO

EUSTACHIO. Chi mi chiama? O Cleandro!

CLEANDRO. Tu hai penato tanto a comparire!

EUSTACHIO. Io venni infino iersera, ma io non mi sono appalesato, perché, poco innanzi che io avessi la tua lettera, ne avevo avuta una da Nicomaco, che mi imponeva uno monte di faccende, e perciò io non volevo capitargli innanzi, se prima io non ti vedevo.

CLEANDRO. Hai ben fatto. Io ho mandato per te, perché Nicomaco sollecita queste nozze di Pirro; le quale tu sai non piacciono a mia madre, perché, poiché di questa fanciulla si ha a fare bene ad uno uomo nostro, vorrebbe che la si dessi a chi la merita più. Ed invero le tue condizioni sono altrimenti fatte che quelle di Pirro; che, a dirlo qui fra noi, egli è uno sciagurato.

EUSTACHIO. Io ti ringrazio; e veramente io non avevo il capo a tòr donna, ma, poiché tu e madonna volete, io voglio ancora io. Vero è ch'io non vorrei anche arrecarmi nimico Nicomaco, perché poi alla fine, el padrone è egli.

CLEANDRO. Non dubitare, perché mia madre ed io non siamo per mancarti, e ti trarremo d'ogni pericolo. Io vorrei bene che tu ti rassettassi uno poco. Tu hai cotesto gabbano, che ti cade di dosso, hai el tocco polveroso, una barbaccia... Va' al barbiéri, làvati el viso, sétolati cotesti panni, acciò che Clizia non ti abbia a rifiutare per porco.

EUSTACHIO. Io non sono atto a rimbiondirmi.

CLEANDRO. Va', fa' quel ch'io ti dico, e poi te ne vai in quella chiesa vicina, e quivi mi aspetta. Io me ne andrò in casa, per vedere a quel che pensa el vecchio.

Canzona

Chi non fa prova, Amore,

della tua gran possanza, indarno spera

di far mai fede vera

qual sia del Cielo il più alto valore;

né sa come si vive insieme e more,

come si segue el danno, il ben si fugge,

come s'ama se stesso

men d'altrui, come spesso

paura e speme i cori adiaccia e strugge:

né sa come ugualmente uomini e dèi

paventan l'arme di che armato sei.

ATTO SECONDORIA

Scena prima

NICOMACO

NICOMACO. Che domine ho io stamani intorno agli occhi? E' mi pare avere e bagliori, che non mi lasciono vedere lume e iersera io arei veduto el pelo nell'uovo. Are' io beuto troppo? Forse che sì. O Dio, questa vecchiaia ne viene con ogni mal mendo! Ma io non sono ancora sì vecchio, ch'io non rompessi una lancia con Clizia. È egli però possibile che io mi sia innamorato a questo modo? E, quello che è peggio, mogliama se ne è accorta, ed indovinasi perch'io voglia dare questa fanciulla a Pirro. Infine, e' non mi va solco diritto. Pure, io ho a cercare di vincere la mia. Pirro! o Pirro! vien' giù, esci fuora!

Scena seconda

PIRRO, NICOMACO

PIRRO. Eccomi!

NICOMACO. Pirro, io voglio che tu meni questa sera moglie in ogni modo.

PIRRO. Io la merrò ora.

NICOMACO. Adagio un poco! - A cosa, a cosa, - disse 'l Mirra. E' bisogna anche fare le cose in modo che la casa non vadia sottosopra. Tu vedi: mogliama non se ne contenta, Eustacchio la vuole anch'egli, parmi che Cleandro lo favorisca, e' ci si è vòlto contro Iddio e 'l diavolo. Ma sta' tu pur forte nella fede di volerla; non dubitare, ch'io varrò per tutti loro, perché, al peggio fare, io te la darò a loro dispetto, e chi vuole ingrognare, ingrogni!

PIRRO. Al nome di Dio, ditemi quel che voi volete che io facci.

NICOMACO. Che tu non ti parta di quinci oltre, acciò che, s'io ti voglio, che tu sia presto.

PIRRO. Così farò, ma mi era scordato dirvi una cosa.

NICOMACO. Quale?

PIRRO. Eustachio è in Firenze.

NICOMACO. Come, in Firenze? Chi te l'ha detto?

PIRRO. Ser Ambruogio, nostro vicino in villa, e mi dice che entrò dentro alla porta iarsera con lui.

NICOMACO. Come, iarsera? Dove è egli stato stanotte?

PIRRO. Chi lo sa?

NICOMACO. Sia, in buon'ora. Va' via, fa' quello ch'io t'ho detto. [*Pirro parte*] Sofronia arà mandato per Eustachio, e questo ribaldo ha stimato più le lettere sue che le mie, che gli scrissi che facessi mille cose, che mi rovinano, se le non si fanno. Al nome di Dio, io ne lo pagherò! Almeno sapessi io dove egli è e quel che fa! Ma ecco Sofronia, che esce di casa.

Scena terza

SOFRONIA, NICOMACO

SOFRONIA. [*sola*] Io ho rinchiusa Clizia e Doria in camera. E' mi bisogna guardare questa povera fanciulla dal figliuolo, dal marito, da' famigli: ognuno l'ha posto il campo intorno.

NICOMACO. Ove si va?

SOFRONIA. Alla messa.

NICOMACO. Ed è per carnesciale: pensa quel che tu farai di quaresima!

SOFRONIA. Io credo che s'abbia a fare bene d'ogni tempo, e tanto è più accetto farlo in quelli tempi che gli altri fanno male. Ma e' mi pare che, a fare bene, noi ci facciamo da cattivo lato!

NICOMACO. Come? Che vorresti tu che si facessi?

SOFRONIA. Che non si pensassi a chiacchiere; e, poiché noi abbiamo in casa una fanciulla buona, d'assai, e bella, abbiamo durato fatica ad allevarla, che si pensi di nolla gittare or via; e, dove prima ogni uomo ci lodava, ogni uomo ora ci biasimerà, veggendo che noi la diano ad uno ghiotto, sanza cervello, e non sa fare altro che un poco radere, che è un'arte che non ne viverebbe una mosca!

NICOMACO. Sofronia mia, tu erri. Costui è giovane, di buono aspetto (e, se non sa, è atto a imparare), vuol bene a costei: che son tre gran parte in uno marito, gioventù, bellezza ed amore. A me non pare che si possa ire più là, né che di questi partiti se ne truovi ad ogni uscio. Se non ha roba, tu sai che la roba viene e va; e costui è uno di quegli, che è atto a farne venire; ed io non lo abbandonerò, perch'io fo pensiero, a dirti il vero, di comperarli quella casa, che per ora ho tolta a pigione da Damone, nostro vicino, ed empierolla di masserizie; e di più, quando mi costassi quattrocento fiorini, per metterliene...

SOFRONIA. Ah, ah, ah!

13

NICOMACO. Tu ridi?

SOFRONIA. Chi non riderebbe? Dove liene vuoi tu mettere?

NICOMACO. Sì, che vuoi tu dire? ... per metterliene in su 'n una bottega, non sono per guardarvi.

SOFRONIA. È egli possibile però che tu voglia con questo partito strano tôrre al tuo figliuolo più che non si conviene, e dare a costui più che non merita? Io non so che mi dire: io dubito che non ci sia altro, sotto.

NICOMACO. Che vuoi tu che ci sia?

SOFRONIA. Se ci fussi chi non lo sapessi, io glielo direi; ma, perché tu lo sai, io non te lo dirò.

NICOMACO. Che so io?

SOFRONIA. Lasciamo ire! Che ti muove a darla a costui? Non si potrebbe con questa dote o con minore maritarla meglio?

NICOMACO. Sì credo. Nondimeno, e' mi muove l'amore, ch'io porto all'una ed all'altro, che avendoceli allevati tutti a dua, mi pare da benificarli tutti a dua.

SOFRONIA. Se cotesto ti muove, non ti hai tu ancora allevato Eustachio, tuo fattore?

NICOMACO. Sì, ho; ma che vuoi tu che la faccia di cotestui, che non ha gentilezza veruna ed è uso a stare in villa fra' buoi e tra le pecore? Oh! se noi gliene dessimo, la si morrebbe di dolore.

SOFRONIA. E con Pirro si morrà di fame. Io ti ricordo che le gentilezze delli uomini consistono in avere qualche virtù, sapere fare qualche cosa, come sa Eustachio, che è uso alle faccende in su' mercati, a fare masserizia, ad avere cura delle cose d'altri e delle sua, ed è uno uomo, che viverebbe in su l'acqua: tanto che tu sai che gli ha un buono capitale. Pirro, dall'altra parte, non è mai se non in sulle taverne, su pe' giuochi, un cacapensieri, che morrebbe di fame nello Altopascio!

NICOMACO. Non ti ho io detto quello che io li voglio dare?

SOFRONIA. Non ti ho io risposto che tu lo getti via? Io ti concludo questo, Nicomaco, che tu hai speso in nutrir costei, ed io ho durato fatica in allevarla; e per questo, avendoci io parte, io voglio ancora io intendere come queste cose hanno ad andare: o io dirò tanto male e commetterò tanti scandoli, che ti parrà essere in mal termine, che non so come tu ti alzi el viso. Va', ragiona di queste cose con la maschera!

NICOMACO. Che mi di' tu? Se' tu impazata? Or mi fa' tu venir voglia di dargliene in ogni modo; e, per cotesto amore, voglio io che la meni stasera, e merralla, se ti schizzassino gli occhi!

SOFRONIA. O la merrà, o e' non la merrà.

NICOMACO. Tu mi minacci di chiacchiere; fa' ch'io non dica. Tu credi forse che io sia cieco, e che io non conosca e giuochi di queste tua bagatelle? Io sapevo bene che le madre volevano bene a' figliuoli, ma non credevo che le volessino tenere le mani alle loro disonestà!

SOFRONIA. Che di' tu? Che cosa è disonesta?

NICOMACO. Deh! non mi fare dire. Tu m'intendi, ed io t'intendo. Ognuno di noi sa a quanti dì è san Biagio. Facciamo, per tua fé, le cose d'accordo, che, se noi entriamo in cetere, noi sareno la favola del popolo.

SOFRONIA. Entra in che cetere tu vuoi. Questa fanciulla non s'ha a gittar via, o io manderò sottosopra, non che la casa, Firenze.

NICOMACO. Sofronia, Sofronia, chi ti pose questo nome non sognava! Tu se' una soffiona, e se' piena di vento!

SOFRONIA. Al nome d'Iddio, io voglio ire alla messa! Noi ci rivedreno.

NICOMACO. Odi un poco: sarebbeci modo a raccapezzare questa cosa, e che noi non ci facessimo tenere pazzi?

SOFRONIA. Pazzi no, ma tristi sì.

NICOMACO. Ei ci sono in questa terra tanti uomini dabbene, noi abbiamo tanti parenti, e' ci sono tanti buoni religiosi! Di quello che noi non siamo d'accordo noi, domandianne loro, e per questa via o tu o io ci sgarereno.

SOFRONIA. Che? vogliamo noi cominciare a bandire queste nostre pazzie?

NICOMACO. Se noi non vogliamo tòrre amici o parenti, togliamo uno religioso, e non si bandiranno; e rimettiamo in lui questa cosa in confessione.

SOFRONIA. A chi andremo?

NICOMACO. E' non si può andare ad altri che a fra' Timoteo, che è nostro confessoro di casa, ed è uno santerello, ed ha fatto già qualche miracolo.

SOFRONIA. Quale?

NICOMACO. Come, quale? Non sai tu che, per le sue orazioni, mona Lucrezia di messer Nicia Calfucci, che era sterile, ingravidò?

SOFRONIA. Gran miracolo, un frate fare ingravidare una donna! Miracolo sarebbe se una monaca la facessi ingravidare ella!

NICOMACO. È egli possibile che tu non mi attraversi sempre la via con queste novelle?

SOFRONIA. Io voglio ire alla messa, e non voglio rimettere le cose mia in persona.

NICOMACO. Orsù, va' e torna: io ti aspetterò in casa. [*Sofronia parte*] Io credo che sia bene non si discostare molto, perché non trafugassino Clizia in qualche lato.

Scena quarta

SOFRONIA

SOFRONIA. Chi conobbe Nicomaco uno anno fa, e lo pratica ora, ne debbe restare maravigliato, considerando la gran mutazione, che gli ha fatta, perché soleva essere uno uomo grave, resoluto, respettivo. Dispensava il tempo suo onorevolmente, e si levava la mattina di buon'ora, udiva la sua messa, provedeva al vitto del giorno; dipoi, s'egli aveva faccenda in piazza, in mercato, o a' magistrati, e' le faceva; quanto che no, o e' si riduceva con qualche cittadino tra ragionamenti onorevoli, o e' si ritirava in casa nello scrittoio, dove raguagliava sue scritture, riordinava suoi conti; dipoi, piacevolmente con la sua brigata desinava; e, desinato, ragionava con il figliuolo, ammunivalo, davagli a conoscere gli uomini, e con qualche essemplo antico e moderno gl'insegnava vivere; andava dipoi fuora, consumava tutto il giorno o in faccende o in diporti gravi ed onesti; venuta la sera, sempre l'Avemaria lo trovava in casa: stavasi un poco con esso noi al fuoco, se gli era di verno; dipoi, se n'entrava nello scrittoio, a rivedere le faccende sue; alle tre ore si cenava allegramente. Questo ordine della sua vita era uno essemplo a tutti gli altri di casa, e ciascuno si vergognava non lo imitare. E così andavano le cose ordinate e liete. Ma, dipoi che gli entrò questa fantasia di costei, le faccende sue si straccurano, e poderi si guastono, e trafichi rovinano; grida sempre, e non sa di che, entra ed esce di casa ogni dì mille volte, sanza sapere quello che si vada faccendo; non torna mai ad ora, che si possa cenare o desinare a tempo; se tu gli parli, o e' non ti risponde, o e' ti risponde non a proposito. I servi, vedendo questo, si fanno beffe di lui, il figliuolo ha posto giù la reverenzia, ognuno fa a suo modo, ed infine niuno dubita di fare quello che vede fare a lui: in modo che io dubito, se Iddio non ci remedia, che questa povera casa non rovini. Io voglio pure andare alla messa, e raccomandarmi a Dio quanto io posso. Io veggo Eustachio e Pirro che si bisticciano: be' mariti che si apparecchiano a Clizia!

Scena quinta

PIRRO, EUSTACHIO

PIRRO. Che fa' tu in Firenze, trista cosa?

EUSTACHIO. Io non l'ho a dire a te.

PIRRO. Tu se' così razzimato! Tu mi pari un cesso ripulito!

EUSTACHIO. Tu hai sì poco cervello, che io mi maraviglio ch'e fanciulli non ti gettino drieto e sassi.

PIRRO. Presto ci avvedremo chi arà più cervello, o tu o io.

EUSTACHIO. Prega Iddio che 'l padrone non muoia, che tu andrai un dì accattando!

PIRRO. Hai tu veduto Nicomaco?

EUSTACHIO. Che ne vuoi tu sapere, se io l'ho veduto o no?

PIRRO. E' toccherà bene a te a saperlo, che se e' non si rimuta, se tu non torni in villa da te, e' vi ti farà portare a' birri.

EUSTACHIO. E' ti dà una gran briga questo mio essere in Firenze!

PIRRO. E' dà più briga ad altri che a me.

EUSTACHIO. E però ne lascia el pensiero ad altri.

PIRRO. Pure le carne tirano.

EUSTACHIO. Tu guardi, e ghigni.

PIRRO. Guardo che tu saresti el bel marito.

EUSTACHIO. Orbè, sai quello ch'io ti voglio dire? «Ed anche il duca murava!» Ma, s'ella prende te, la sarà salita in su' muricciuoli. Quanto sarebbe meglio che Nicomaco la affogassi in quel suo pozzo! Almeno la poverina morrebbe ad uno tratto.

PIRRO. Doh! villan poltrone, profumato nel litame! Part'egli avere carni da dormire allato a sì dilicata figlia?

EUSTACHIO. Ell'arà bene carni teco! che, se la sua trista sorte te la dà, o ella in uno anno diventerà puttana, o ella si morrà di dolore: ma del primo ne sarai tu d'accordo seco, che, per uno becco pappataci, tu sarai desso!

PIRRO. Lasciamo andare! Ognuno aguzzi e sua ferruzzi: vedreno a chi e' dirà meglio. Io me ne voglio ire in casa, ch'io t'arei a rompere la testa.

EUSTACHIO. Ed io mi tornerò in chiesa.

PIRRO. Tu fai bene a non uscire di franchigia!

Canzona

Quanto in cor giovanile è bello amore.

Ranto si disconviene

in chi degli anni suoi passato ha il fiore.

Amore ha sua virtute agli anni uguale,

e nelle fresche etati assai s'onora,

e nelle antiche poco o nulla vale:

sì che, o vecchi amorosi, el meglio fora

lasciar la impresa a' giovinetti ardenti,

ch'a più fort'opra intenti,

far ponno al suo signor più largo onore.

ATTO TERZO

Scena prima

NICOMACO, CLEANDRO

NICOMACO. Cleandro! o Cleandro!

CLEANDRO. Messere!

NICOMACO. Esci giù, esci giù, dico io! Che fai tu, tanto el dì, in casa? Non te ne vergogni tu, che dài carico a cotesta fanciulla? Sogliono a simili dì di carnasciale e giovani tuoi pari andarsi a spasso veggendo le maschere, o ire a fare al calcio. Tu se' uno di quelli uomini, che non sai far nulla, e non mi pari né morto né vivo.

CLEANDRO. Io non mi diletto di coteste cose, e non me ne dilettai mai, e piacemi più lo stare solo che con coteste compagnie, e tanto più stavo ora volentieri in casa veggendovi stare voi, per potere, se voi volevi cosa alcuna, farla.

NICOMACO. Deh! guarda dove l'aveva! Tu se' el buon figliuolo! Io non ho bisogno di averti tuttodì drieto! Io tengo dua famigli ed uno fattore, per non avere a comandare a te.

CLEANDRO. Al nome d'Iddio! e' non è però che quello ch'io fo no 'l faccia per bene.

NICOMACO. Io non so per quel che tu te 'l fai, ma io so bene che tua madre è una pazza, e rovinerà questa casa. Tu faresti el meglio a ripararci.

CLEANDRO. O lei, o altri.

NICOMACO. Chi altri?

CLEANDRO. Io non so.

NICOMACO. E' mi pare bene che tu no 'l sappi. Ma che di' tu di questi casi di Clizia?

CLEANDRO. [*a parte*] Vedi che vi capitamo!

NICOMACO. Che di' tu? Di' forte, ch'io t'intenda.

CLEANDRO. Dico ch'io non so che me ne dire.

NICOMACO. Non ti par egli che questa tua madre pigli un granchio, a non volere che Clizia sia moglie di Pirro?

CLEANDRO. Io non me ne intendo.

NICOMACO. Io son chiaro! tu hai preso la parte sua! E' ci cova sotto altro che favole! Parrebbet'egli però che la stessi bene con Eustachio?

CLEANDRO. Io non lo so, e non me ne intendo .

NICOMACO. Di che diavolo t'intendi tu?

CLEANDRO. Non di cotesto.

NICOMACO. Tu ti sei pur inteso di far venire in Firenze Eustachio, e trafugarlo, perché io non lo vegga, e tendermi lacciuoli per guastare queste nozze. Ma te e lui caccerò io nelle Stinche; a Sofronia renderò io la sua dota, e manderolla via, perché io voglio essere io signore di casa mia, e ognuno se ne sturi gli orecchi! E voglio che questa sera queste nozze si faccino, o io, quando non arò altro rimedio, caccerò fuoco in questa casa. Io aspetterò qui tua madre, per vedere s'io posso essere d'accordo con lei; ma quando io non possa, ad ogni modo ci voglio l'onor mio, che io non intendo ch'e paperi menino a bere l'oche. Va', pertanto, se tu desideri el bene tuo e la pace di casa, a pregarla che facci a mio modo. Tu la troverrai in chiesa, ed io aspetterò te e lei qui in casa. E se tu vedi quel ribaldo di Eustachio digli che venghi a me, altrimenti non farà bene e casi suoi.

CLEANDRO. Io vo.

Scena seconda

CLEANDRO

CLEANDRO. O miseria di chi ama! Con quanti affanni passo io il mio tempo! Io so bene che qualunque ama una cosa bella, come è Clizia, ha di molti rivali, che gli dànno infiniti dolori; ma io non intesi mai che ad alcuno avvenissi di avere per rivale il padre; e, dove molti giovani hanno trovato appresso al padre qualche remedio, io vi truovo el fondamento e la cagione del male mio; e, se mia madre mi favorisce, la non fa per favorire me, ma per disfavorire la impresa del marito. E perciò io non posso scoprirmi in questa cosa gagliardamente, perché sùbito la crederrebbe che io avessi fatti quelli patti con Eustachio che mio padre ha fatti con Pirro, e come la credesse questo, mossa dalla conscienzia, lascerebbe ire l'acqua alla china, e non se ne travaglierebbe più, e io al tutto sarei spacciato, e ne piglierei tanto dispiacere, ch'io non crederrei più vivere. Io veggio mia madre, che esce di chiesa: io voglio parlare seco, ed intendere la fantasia sua, e vedere quali rimedii ella apparecchi contro a' disegni del vecchio.

Scena terza

CLEANDRO, SOFRONIA

CLEANDRO. Dio vi salvi, madre mia!

SOFRONIA. O Cleandro! Vieni tu di casa?

CLEANDRO. Madonna sì.

SOFRONIA. Sèvvi tu stato tuttavia, poi ch'io vi ti lasciai?

CLEANDRO. Sono.

SOFRONIA. Nicomaco, dove è?

CLEANDRO. È in casa, e per cosa che sia accaduta non è uscito.

SOFRONIA. Lascialo fare, al nome d'Iddio! Una ne pensa el ghiotto, e l'altra el tavernaio. Hatt'egli detto cosa alcuna?

CLEANDRO. Un monte di villanie; e parmi che gli sia entrato el diavolo addosso. E' vuole mettere nelle Stinche Eustachio e me, a voi vuole rendere la dota, e cacciarvi via, e minaccia, nonché altro, di cacciare fuoco in casa, e mi ha imposto ch'io vi truovi e vi persuada a consentire a queste nozze, altrimenti non si farà per voi.

SOFRONIA. Tu, che ne di'?

CLEANDRO. Dicone quello che voi, perché io amo Clizia come sorella, e dorrebbemi infino all'anima, che la capitassi in mano di Pirro.

SOFRONIA. Io non so come tu te la ami, ma io ti dico bene questo, che s'io credessi trarla delle mani di Nicomaco e metterla nelle tua, che io non me ne impaccerei. Ma io penso che Eustachio la vorrebbe per sé, e che il tuo amore, per la sposa tua (che siamo per dartela presto), si potessi cancellare.

CLEANDRO. Voi pensate bene; e però io vi prego, che voi facciate ogni cosa, perché queste nozze non si faccino; e, quando non si possa fare altrimenti che darla ad Eustachio, dìesili; ma, quando si possa, sarebbe meglio, secondo me, lasciarla stare così, perché l'è ancora giovinetta, e non le fugge il tempo: potrebbono e Cieli farle trovare e sua parenti, e, quando e' fussino nobili, arebbono un poco obligo con voi, trovando che voi l'avessi maritata o ad uno famiglio, o ad uno contadino!

SOFRONIA. Tu di' bene: io ancora ci avevo pensato, ma la rabbia di questo vecchio mi sbigottisce. Nondimeno, e' mi si aggirano tante cose per il capo, che io credo che qualcuna gli guasterà ogni suo disegno. Io me ne voglio ire in casa, perché io veggo Nicomaco aliare intorno all'uscio. Tu, va' in chiesa, e di' ad Eustachio che venga a casa, e non abbia paura di cosa alcuna.

CLEANDRO. Così farò.

Scena quarta

NICOMACO, SOFRONIA

NICOMACO.   [*solo*]Io veggo mogliama, che torna: io la voglio un poco berteggiare, per vedere se le buone parole mi giovano. O fanciulla mia, ha' tu però a stare sì malinconosa, quando tu vedi la tua speranza? Sta' un poco meco!

SOFRONIA. Lasciami ire!

NICOMACO. Fermati, dico!

SOFRONIA. Io non voglio: tu mi par' cotto!

NICOMACO. Io ti verrò drieto.

SOFRONIA. Se' tu impazzato?

NICOMACO. Pazzo, perch'io ti voglio troppo bene?

SOFRONIA. Io non voglio che tu me ne voglia.

NICOMACO. Questo non può essere!

SOFRONIA. Tu m'uccidi! Uh, fastidioso!

NICOMACO. Io vorrei che tu dicessi il vero.

SOFRONIA. Credotelo.

NICOMACO. Eh! guatami un poco, amor mio.

SOFRONIA. Io ti guato, ed odoroti anche: tu sai di buono! Bembè, tu mi riesci!

NICOMACO. [*a parte*] Ohimé, che la se ne è avveduta! Che maladetto sia quel poltrone, che me l'arrecò dinanzi!

SOFRONIA. Onde son venuti questi odori, di che sai tu, vecchio impazzato?

NICOMACO. E' passò dianzi uno di qui, che ne vendeva: io gli trassinai, e mi rimase di quello odore addosso.

SOFRONIA. [*a parte*] Egli ha già trovato la bugia! [*A Nicomaco*] Non ti vergogni tu di quello che tu fai da uno anno in qua? Usi sempre con sei giovanetti, vai alla taverna, ripariti in casa femmine, e dove si giuoca, spendi sanza modo. Begli essempli, che tu dai al tuo figliuolo! Date moglie a questi valenti uomini!

NICOMACO. Ah! moglie mia, non mi dir tanti mali ad un tratto! Serba qualche cosa a domani! Ma non è egli ragionevole che tu faccia più tosto a mio modo, che io a tuo?

SOFRONIA. Sì, delle cose oneste.

NICOMACO. Non è egli onesto maritare una fanciulla?

SOFRONIA. Sì, quando ella si marita bene.

NICOMACO. Non starà ella bene con Pirro?

SOFRONIA. No.

NICOMACO. Perché?

SOFRONIA. Per quelle cagioni, ch'io t'ho dette altre volte.

NICOMACO. Io m'intendo di queste cose più di te. Ma, se io facessi tanto con Eustachio, ch'e' non la volessi?

SOFRONIA. E se io facessi con Pirro tanto, che non la volessi anch'egli?

NICOMACO. Da ora innanzi, ciascuno di noi si pruovi, e chi di noi dispone el suo, abbi vinto.

SOFRONIA. Io son contenta. Io vo in casa a parlare a Pirro, e tu parlerai con Eustachio, che io lo veggo uscir di chiesa.

NICOMACO. Sia fatto.

Scena quinta

EUSTACHIO, NICOMACO

EUSTACHIO. [*solo*] Poiché Cleandro mi ha detto che io vadia a casa e non dubiti, io voglio fare buono cuore, ed andarvi.

NICOMACO. [*a parte*] Io volevo dire a questo ribaldo una carta di villanie, e non potrò, poiché io l'ho a pregare. [*ad Eustachio*] Eustachio!

EUSTACHIO. O padrone!

NICOMACO. Quando fusti tu in Firenze?

EUSTACHIO. Iarsera.

NICOMACO. Tu hai penato tanto a lasciarti rivedere! Dove se' tu stato tanto?

EUSTACHIO. Io vi dirò. Io mi cominciai iermattina a sentir male: e' mi doleva el capo, avevo una anguinaia, e parevami avere la febre; ed essendo questi tempi sospetti di peste, io ne dubitai forte, e iersera venni a Firenze, e mi stetti all'osteria, né mi volli rappresentare, per non fare male a voi o a la famiglia vostra, se pure e' fussi stato desso. Ma, grazia di Dio, ogni cosa è passata via, e sentomi bene.

NICOMACO. [*a parte*] E' mi bisogna fare vista di crederlo. [*ad Eustachio*] Ben facesti tu! Se' or bene guarito?

EUSTACHIO. Messer sì.

NICOMACO. [*a parte*] Non del tristo. [*ad Eustachio*] Io ho caro che tu ci sia. Tu sai la contenzione, che è tra me e mogliama circa al dar marito a Clizia: ella la vuole dare a te, ed io la vorrei dare a Pirro.

EUSTACHIO. E dunque, volete meglio a Pirro che a me?

NICOMACO. Anzi, voglio meglio a te che a lui. Ascolta un poco. Che vuoi tu fare di moglie? Tu hai oggimai trentotto anni, ed una fanciulla non ti sta bene; ed è ragionevole che, come la fussi stata teco qualche mese, che la cercassi un più giovane di te, e viveresti disperato. Dipoi, io non mi potrei più fidare di te, perderesti lo aviamento, diventeresti povero, ed andresti, tu ed ella, accattando.

EUSTACHIO. In questa terra, chi ha bella moglie non può essere povero: e del fuoco e della moglie si può essere liberale con ognuno, perché quanto più ne dai, più te ne rimane.

NICOMACO. Dunque, vuoi tu fare questo parentado, per farmi dispiacere?

EUSTACHIO. Anzi, lo vo' fare, per fare piacere a me!

NICOMACO. Or tira, vanne in casa. Io ero pazzo, s'io credevo avere da questo villano una risposta piacevole. Io muterò teco verso. Ordina di rimettermi e conti, e di andarti con Dio, e fa' stima d'essere il maggior nimico ch'io abbia, e ch'io ti abbia a fare il peggio che io posso.

EUSTACHIO. A me non dà briga nulla, purch'io abbia Clizia.

NICOMACO. Tu arai le forche!

Scena sesta

PIRRO, NICOMACO

PIRRO. [*verso l'interno, a Sofronia*] Prima ch'io facessi ciò che voi volete, io mi lascerei scorticare!

NICOMACO. [*a parte*] La cosa va bene. Pirro sta nella fede. [*A Pirro*] Che hai tu? Con chi combatti tu, Pirro?

PIRRO. Combatto ora con chi voi combattete sempre.

NICOMACO. Che dic'ella? Che vuol ella?

PIRRO. Pregami che io non tolga Clizia per donna.

NICOMACO. Che l'hai tu detto?

PIRRO. Che io mi lascerei prima ammazzare, che io la rifiutassi.

NICOMACO. Ben dicesti.

PIRRO. Se io ho ben detto, io dubito non avere mal fatto, perché io mi sono fatto nimico la vostra donna, ed il vostro figliuolo, e tutti gli altri di casa.

NICOMACO. Che importa a te? Sta' bene con Cristo, e fatti beffe de' santi!

PIRRO. Sì, ma se voi morissi, i santi mi tratterebbono assai male.

NICOMACO. Non dubitare, io ti farò tal parte, ch'e santi ti potranno dare poca briga; e, se pur e' volessino, e magistrati e le legge ti difenderanno, purch'io abbia facultà, per tuo mezzo, di dormire con Clizia.

PIRRO. Io dubito che voi non possiate, tanta infiammata vi veggio contro la donna.

NICOMACO. Io ho pensato che sarà bene, per uscire una volta di questo farnetico, che si getti per sorte di chi sia Clizia; da che la donna non si potrà discostare.

PIRRO. Se la sorte vi venissi contro?

NICOMACO. Io ho speranza in Dio, che la non verrà.

PIRRO. [*a parte*] O vecchio impazzato! vuol che Dio tenga le mani a queste sua disonestà! [*A Nicomaco*] Io credo, che se Dio s'impaccia di simil' cose, che Sofronia ancora speri in Dio.

NICOMACO. Ella si speri! E, se pur la sorte mi venissi contro, io ho pensato al rimedio. Va', chiamala, e dilli che venga fuora con Eustachio.

PIRRO. O Sofronia! Venite, voi ed Eustachio, al padrone.

Scena settima

SOFRONIA, NICOMACO, EUSTACHIO, PIRRO

SOFRONIA. Eccomi: che sarà di nuovo?

NICOMACO. E' bisogna pur pigliare verso a questa cosa. Tu vedi, poiché costoro non si accordano, e' conviene che noi ci accordiano.

SOFRONIA. Questa tua furia è estraordinaria. Quel che non si farà oggi, si farà domani.

NICOMACO. Io voglio farla oggi.

SOFRONIA. Faccisi, in buon'ora. Ecco qui tutti a duoi e competitori. Ma come vuoi tu fare?

NICOMACO. Io ho pensato, poiché noi non consentiano l'uno all'altro, che la si rimetta nella Fortuna.

SOFRONIA. Come nella Fortuna?

NICOMACO. Che si ponga in una borsa e nomi loro, ed in un'altra el nome di Clizia ed una polizza bianca, e che si tragga prima el nome d'uno di loro e che, a chi tocca Clizia, se l'abbia, e l'altro abbi pazienza. Che pensi tu? Non rispondi?

SOFRONIA. Orsù, io son contenta.

EUSTACHIO. [*A Sofronia*]Guardate quel che voi fate.

SOFRONIA. [*A Eustachio*] Io guardo, e so quel ch'io fo. Va' 'n casa, scrivi le polizze, e reca dua borse, ch'io voglio uscire di questo travaglio, o io enterrò in uno maggiore.

EUSTACHIO. Io vo.

NICOMACO. A questo modo ci accordereno noi. Prega Dio, Pirro, per te.

PIRRO. Per voi!

NICOMACO. Tu di' bene, a dire per me: io arò una gran consolazione che tu l'abbia.

EUSTACHIO. Ecco le borse e le sorte.

NICOMACO. Da' qua. Questa, che dice? Clizia. E quest'altra? È bianca. Sta bene. Mettile in questa borsa di qua. Questa, che dice? Eustachio. E quest'altra? Pirro. Ripiegale, e mettile in quest'altra. Serrale, tienvi su gli occhi, Pirro, che non ci andassi nulla in capperuccia: e' ci è chi sa giucare di macatelle!

SOFRONIA. Gli uomini sfiducciati non son buoni.

NICOMACO. Son parole, coteste! Tu sai che non è ingannato, se non chi si fida. Chi voglian noi che tragga?

SOFRONIA. Tragga chi ti pare.

NICOMACO. Vien' qua, fanciullo.

SOFRONIA. E' bisognerebbe che fussi vergine.

NICOMACO. Vergine o no, io non v'ho tenute le mani. [*al fanciullo*] Tra' di questa borsa una polizza, detto che io ho certe orazioni: - O santa Apollonia, io prego te e tutti e santi e le sante avvocate de' matrimonii, che concediate a Clizia tanta grazia, che di questa borsa esca la polizza di colui, che sia per essere più a piacere nostro. Trai, col nome di Dio! Dàlla qua. Ohimé, io son morto! Eustachio.

SOFRONIA. Che avesti? O Dio! fa' questo miracolo, acciò che costui si disperi.

NICOMACO. [*al fanciullo*] Tra' di quell'altra. Dalla qua. Bianca. Oh, io sono resucitato! Noi abbiam vinto, Pirro! Buon pro ti faccia! Eustachio è caduto morto. Sofronia, poiché Dio ha voluto che Clizia sia di Pirro, vogli anche tu.

SOFRONIA. Io voglio.

NICOMACO. Ordina le nozze.

SOFRONIA. Tu hai sì gran fretta: non si potrebb'egli indugiare a domani?

NICOMACO. No, no, no! Non odi tu che no? Che? vuoi tu pensare a qualche trappola?

SOFRONIA. Voglian noi fare le cose da bestie? Non ha ella a udir la messa del congiunto?

NICOMACO. La messa della fava! La la può udire un altro dì! Non sai tu che si dà le perdonanze a chi si confessa poi, come a chi s'è confessato prima?

SOFRONIA. Io dubito che la non abbia l'ordinario delle donne.

NICOMACO. Adoperi lo straordinario delli uomini! Io voglio che la meni stasera .E' par che tu non mi intenda.

SOFRONIA. Menila, in mal'ora! Andianne in casa, e fa' questa imbasciata tu a questa povera fanciulla, che non fia da calze!

NICOMACO. La fia da calzoni! Andiano dentro.

SOFRONIA. [*a parte*] Io non voglio già venire, perché io vo' trovar Cleandro, perché e' pensi, se a questo male è rimedio alcuno.

Canzona

Chi già mai donna offende,

a torto o a ragion, folle è se crede

trovar per prieghi o pianti in lei merzede.

Come la scende in questa mortal vita,

con l'alma insieme porta

Superbia, Ingegno e di perdono Oblio;

Inganno e Crudeltà le sono scorta,

e tal le dànno aita,

che d'ogni impresa appaga el suo desio;

e, se sdegno aspro e rio

la muove, o gelosia, addopra e vede,

e la sua forza mortal forza eccede.

Scena prima

CLEANDRO, EUSTACHIO

CLEANDRO. Come è egli possibile che mia madre sia stata sì poco avveduta, che la si sia rimessa a questo modo alla sorta d'una cosa, che ne vadi in tutto l'onore di casa nostra?

EUSTACHIO. Egli è come io t'ho detto.

CLEANDRO. Ben sono sventurato! Ben sono infelice! Vedi s'i' trovai appunto uno, che mi tenne tanto a bada, che si è, sanza mia saputa, concluso el parentado, e deliberate le nozze ed ogni cosa! E seguirà secondo el desiderio del vecchio! O Fortuna, tu suòi pure, sendo donna, essere amica de' giovani: a questa volta tu se' stata amica de' vecchi! Come non ti vergogni tu, ad avere ordinato che sì dilicato viso sia da sì fetida bocca scombavato, sì dilicate carne da sì tremanti mani, da sì grinze e puzzolente membra tocche? Perché, non Pirro, ma Nicomaco, come io mi stimo, la possederà. Tu non mi possevi fare la maggior ingiuria, avendomi con queste colpo tolto ad un tratto l'amata e la roba, perché Nicomaco, se questo amore dura, è per lasciare delle sue sustanze più a Pirro che a me. E' mi par mille anni di vedere mia madre, per dolermi e sfogarmi con lei di questo partito.

EUSTACHIO. Confòrtati, Cleandro, che mi parve che la ne andassi in casa ghignando, in modo che mi pare essere certo che 'l vecchio non abbia ad avere questa pera monda, come e' crede. Ma ecco che viene fuora, egli e Pirro, e son tutti allegri.

CLEANDRO. Vanne, Eustachio, in casa: io voglio stare da parte, per intendere qualche loro consiglio, che facessi per me.

EUSTACHIO. Io vo.

Scena seconda

NICOMACO, CLEANDRO, PIRRO

NICOMACO. Oh, come è ella ita bene! Hai tu veduto come la brigata sta malinconosa, come mogliama sta disperata? Tutte queste cose accrescono la mia allegrezza; ma molto più sarò allegro, quando io terrò in braccio Clizia, quando io la toccherò, bacerò, strignerò. O dolce notte! giugnerovv'io mai? E questo obligo, che io ho teco, io sono per pagarlo a doppio!

CLEANDRO. [*a parte*] O vecchio impazzato!

PIRRO. Io lo credo; ma io non credo già che voi possiate fare cosa nessuna questa sera, né ci veggo commodità alcuna.

NICOMACO. Come?! Io ti vo' dire come io ho pensato di governare la cosa.

PIRRO. Io l'arò caro.

CLEANDRO. [*a parte*] Ed io molto più, che potrei udir cosa, che guasterebbe e fatti d'altri, e racconcerebbe e mia.

NICOMACO. Tu cognosci Damone, nostro vicino, da chi io ho tolto la casa a pigione per tuo conto?

PIRRO. Sì, cognosco.

NICOMACO. Io fo pensiero che tu la meni stasera in quella casa, ancora ch'egli vi abiti e che non l'abbia sgombera, perch'io dirò ch'io voglio che tu la meni in casa dove l'ha a stare.

PIRRO. Che sarà poi?

CLEANDRO. [*a parte*] Rizza gli orecchi, Cleandro!

NICOMACO.   Io ho imposto a mogliama che chiami Sostrata, moglie di Damone, perché gli aiuti ad ordinare queste nozze ed acconciare la nuova sposa; ed a Damone dirò che solleciti che la donna vi vadia. Fatto questo, e cenato che si sarà, la sposa da queste donne sarà menata in casa di Damone, e messa teco in camera e nel letto, ed io dirò di volere restare con Damone ad albergo e Sostrata ne verrà con Sofronia qui in casa. Tu, rimaso solo in camera, spegnerai il lume, e ti baloccherai per camera, faccendo vista di spogliarti; intanto io, pian piano, me ne verrò in camera, e mi spoglierò, ed enterrò allato a Clizia. Tu ti potrai stare pianamente in sul lettuccio. La mattina, avanti giorno, io mi uscirò del letto, mostrando di volere ire ad orinare, rivestirommi, e tu enterrai nel letto.

CLEANDRO. [*a parte*] O vecchio poltrone! Quanta è stata la mia felicità intendere questo tuo disegno! Quanta la tua disgrazia ch'io l'intenda.

PIRRO. [*a parte*] E' mi pare che voi abbiate divisata bene questa faccenda. Ma e' conviene che voi vi armiate in modo che voi paiate giovane, perché io dubito che la vecchiaia non si riconosca al buio.

CLEANDRO. E' mi basta quel che io ho inteso: io voglio ire a raguagliare mia madre.

NICOMACO.   Io ho pensato a tutto, e fo conto, a dirti il vero, di cenare con Damone, ed ho ordinato una cena a mio modo. Io piglierò prima una presa d'uno lattovaro, che si chiama satirionne.

PIRRO. Che nome bizzarro è cotesto?

NICOMACO. Gli ha più bizzarri e fatti, perché gli è un lattovare, che farebbe, quanto a quella faccenda, ringiovanire uno uomo di novanta anni, nonché di settanta, come ho io. Preso questo lattovaro, io cenerò poche cose, ma tutte sustanzevole: in prima, una insalata di cipolle cotte; dipoi, una mistura di fave e spezierie...

PIRRO. Che fa cotesto?

NICOMACO. Che fa? Queste cipolle, fave e spezierie, perché sono cose calde e ventose, farebbono far vela ad una caracca genovese. Sopra queste cose si vuole uno pippione grosso arrosto, così verdemezzo, che sanguini un poco.

PIRRO. Guardate che non vi guasti lo stomaco, perché bisognerà, o che vi sia masticato, o che voi lo 'ngoiate intero: non vi vegg'io tanti o sì gagliardi denti in bocca!

NICOMACO. Io non dubito di cotesto, ché, bench'io non abbia molti denti, io ho le mascella che paiono d'acciaio.

PIRRO. Io penso che, poi che voi ne sarete ito, ed io entrato nel letto, che io potrò fare sanza toccarla, perché io ho viso di trovare quella povera fanciulla fracassata.

NICOMACO. Bàstiti ch'io arò fatto l'ufficio tuo e quel d'un compagno.

PIRRO. Io ringrazio Dio, poiché mi ha dato una moglie in modo fatta, ch'io non arò a durare fatica né a 'mpregnarla, né a darli le spese.

NICOMACO. Vanne in casa, sollecita le nozze, ed io parlerò un poco con Damone, ch'io lo veggo uscir di casa sua.

PIRRO. Così farò.

Scena terza

NICOMACO, DAMONE

NICOMACO. Egli è venuto quello tempo, o Damone, che mi hai a mostrare se tu mi ami. E' bisogna che tu sgomberi la casa, e non vi rimanga né la tua donna, né altra persona, perché io vo' governare questa cosa, come io t'ho già detto.

DAMONE. Io son parato a fare ogni cosa, purché io ti contenti.

NICOMACO. Io ho detto a mogliama che chiami Sostrata tua, che vadia ad aiutarla ordinare le nozze. Fa' che la vadia subito, come la chiama, e che vadia con lei la serva, sopratutto.

DAMONE. Ogni cosa è ordinato: chiamala a tua posta.

NICOMACO. Io voglio ire infino allo speziale a fare una faccenda, e tornerò ora: tu aspetti qui, che mogliama eschi fuora, e chiami la tua. Ecco che la viene: sta' parato. Addio.

Scena quarta

SOFRONIA, DAMONE

SOFRONIA. [*sola*] Non maraviglia che 'l mio marito mi sollecitava ch'io chiamassi Sostrata di Damone! E' voleva la casa libera, per potere giostrare a suo modo. Ecco Damone di qua. O specchio di questa città, e colonna del suo quartieri, che accomoda la casa sua a sì disonesta e vituperosa impresa! Ma io gli tratterò in modo, che si vergogneranno sempre di loro medesimi. E voglio or cominciare ad uccellare costui.

DAMONE. [*stesso gioco*]Io mi maraviglio che Sofronia si sia ferma, e non venga avanti a chiamare la mia donna. Ma ecco che la viene. [*A Sofronia*] Dio ti salvi, Sofronia!

SOFRONIA. E te, Damone! Ove è la tua donna?

DAMONE. La è in casa, ed è parata a venire, se tu la chiami, perché el tuo marito me ne ha pregato. Vo io a chiamarla?

SOFRONIA. No, no! la debbe avere faccenda.

DAMONE. Non ha faccenda alcuna.

SOFRONIA. Lasciala stare, io non le voglio dare briga: io la chiamerò, quando fia tempo.

DAMONE. Non ordinate voi le nozze?

SOFRONIA. Sì, ordiniamo.

DAMONE. Non hai tu necessità di chi ti aiuti?

SOFRONIA. E' vi è brigata un mondo, per ora.

DAMONE. [*a parte*] Che farò ora io? Ho fatto uno errore grandissimo a cagione di questo vecchio impazzato, bavoso, cisposo, e sanza denti. E' mi ha fatto offerire la donna per aiuto a costei, che non la vuole, in modo che la crederrà ch'io vadi mendicando un pasto, e terrammi uno sciagurato.

SOFRONIA. [*stesso gioco*] Io ne rimando costui tutto inviluppato. Guarda come ne va ristretto nel mantello! E' mi resta ora ad uccellare un poco el mio vecchio. Eccolo che viene dal mercato. Io voglio morire, se non ha comperato qualche cosa, per parere gagliardo o odorifero!

Scena quinta

NICOMACO, SOFRONIA

NICOMACO. [*solo*]Io ho comperato el lattovaro e certa unzione appropriata a fare risentire le brigate. Quando si va armato alla guerra, si va con più animo la metà. - Io ho veduta la donna: ohimé, che la m'arà sentito!

SOFRONIA. [*a parte*] Sì, ch'io t'ho sentito, e con tuo danno e vergogna, s'io vivo insino a domattina!

NICOMACO. Sono ad ordine le cose? Hai tu chiamata questa tua vicina, che ti aiuti?

SOFRONIA. Io la chiamai, come tu mi dicesti, ma questo tuo caro amico le favellò non so che nell'orecchio, in modo che la mi rispose che non poteva venire.

NICOMACO. Io non me ne maraviglio, perché tu se' un poco rozza, e non sai accomodarti con le persone, quando tu vuoi alcuna cosa da loro.

SOFRONIA. Che volevi tu, ch'io lo toccassi sotto 'l mento? Io non son usa a fare carezze a' mariti d'altri. Va', chiamala tu, poiché ti giova andare drieto alle moglie d'altri, ed io andrò in casa ad ordinare il resto.

Scena sesta

DAMONE, NICOMACO

DAMONE. [*solo*] Io vengo a vedere, se questo amante è tornato dal mercato. Ma eccolo davanti all'uscio. [*A Nicomaco*] Io venivo appunto a te.

NICOMACO. Ed io a te, uomo da farne poco conto! Di che t'ho io pregato? Di che t'ho io richiesto? Tu m'hai servito così bene!

DAMONE. Che cosa è?

NICOMACO. Tu mandasti mogliata! Tu hai vòta la casa di brigata, che fu un sollazzo! In modo che, alle tua cagione, io son morto e disfatto!

DAMONE. Va' t'impicca! Non mi dices'tu che mogliata chiamerebbe la mia?

NICOMACO. La l'ha chiamata, e non è voluta venire.

DAMONE. Anzi, che gliene offersi! Ella, non volle che la venissi; e così mi fai uccellare, e poi ti duoli di me. Che 'l diavolo ne 'l porti, te e le nozze ed ognuno!

NICOMACO. Infine, vuoi tu che la venga?

DAMONE. Sì, voglio, in mal'ora! ed ella, e la fante, e la gatta, e chiunque vi è! Va', se tu hai a fare altro: io andrò in casa, e, per l'orto, la farò venire or ora.

NICOMACO. [*solo*] Ora, m'è costui amico! Ora, andranno le cose bene! Ohimè! ohimè! che romore è quel che è in casa?

Scena settima

DORIA, NICOMACO

DORIA. Io son morta! Io son morta! Fuggite, fuggite! Toglietele quel coltello di mano! Fuggitevi, Sofronia!

NICOMACO. Che hai tu, Doria? Che ci è?

DORIA. Io son morta!

NICOMACO. Perché se' tu morta?

DORIA. Io son morta, e voi spacciato!

NICOMACO. Dimmi quel che tu hai!

DORIA. Io non posso per lo affanno! Io sudo! Fatemi un poco di vento col mantello!

NICOMACO. Deh! dimmi quel che tu hai, ch'io ti romperò la testa!

DORIA. Ah! padron mio, voi siate troppo crudele!

NICOMACO. Dimmi quel che tu hai, e qual romore è in casa!

DORIA. Pirro aveva dato l'anello a Clizia, ed era ito ad accompagnare el notaio infino all'uscio di drieto. Ben sai che Clizia, non so da che furore mossa, prese uno pugnale, e, tutta scapigliata, tutta furiosa, grida: - Ove è Nicomaco? Ove è Pirro? Io gli voglio ammazzare! - Cleandro, Sofronia, tutte noi la volavamo pigliare, e non potemo. La si è arrecata in uno canto di camera, e grida che vi vuole ammazzare in ogni modo, e per paura chi fugge di qua e chi di là. Pirro si è fuggito in cucina, e si è nascosto drieto alla cesta de' capponi. Io son mandata qui, per avvertirvi, che voi non entriate in casa.

NICOMACO. Io son il più misero di tutti gli uomini! Non si può egli trarle di mano il pugnale?

DORIA. Non, per ancora.

NICOMACO. Chi minacc'ella?

DORIA. Voi e Pirro.

NICOMACO. Oh! che disgrazia è questa! Deh! figliuola mia, io ti prego che tu torni in casa, e con buone parole vegga, che se le cavi questa pazzia del capo, e che la ponga giù il pugnale; ed io ti prometto ch'io ti comperrò un paio di pianelle ed uno fazzoletto. Deh! va', amor mio!

DORIA. Io vo: ma non venite in casa, se io non vi chiamo.

NICOMACO. [*solo*] O miseria! O infelicità mia! Quante cose mi si intraversano, per fare infelice questa notte, ch'io aspettavo felicissima! Ha ella posto giù il coltello? Vengo io? [*Verso l'interno, a Doria*]

DORIA. Non, ancora! non venite!

NICOMACO. O Iddio! che sarà poi? [*Verso l'interno, a Doria*] Poss'io venire?

DORIA. Venite, ma non entrate in camera, dove ella è. Fate che la non vi vegga. Andate in cucina, da Pirro.

NICOMACO. Io vo.

Scena ottava

NICOMACO, DORIA, PIRRO

DORIA. In quanti modi uccelliamo noi questo vecchio! Che festa è egli vedere e travagli di questa casa! Il vecchio e Pirro sono paurosi in cucina, in sala son quelli che apparecchiano la cena; ed in camera sono le donne, Cleandro, ed il resto della famiglia; ed hanno spogliato Siro, nostro servo, e de' sua panni vestita Clizia, e de' panni di Clizia vestito Siro, e vogliono che Siro ne vadia a marito in scambio di Clizia; e perché il vecchio e Pirro non scuoprino questa fraude, gli hanno, sotto ombra che Clizia sia cruciata, confinati in cucina. Che belle risa! Che bello inganno! Ma ecco fuora Nicomaco e Pirro.

Scena nono

NICOMACO. Che fai tu costì, Doria? Clizia è quietata?

DORIA. Messer sì, ed ha promesso a Sofronia di volere fare ciò che voi volete. Egli è ben vero che Sofronia giudica che sia bene che voi e Pirro non li capitiate innanzi, acciò che non se li riaccendessi la collera; poi, messa che la fia al letto, se Pirro non la saprà dimesticare, suo danno!

NICOMACO. Sofronia ci consiglia bene, e così faremo. Ora, vattene in casa; e, perché gli è cotto ogni cosa, sollecita che si ceni; Pirro ed io ceneremo a casa Damone; e, come gli hanno cenato, fa' che la menino fuora. Sollecita, Doria, per

42

l'amore d'Iddio, ché sono già sonate le tre ore, e non è bene stare tutta notte in queste pratiche.

DORIA. Voi dite el vero. Io vo.

NICOMACO. Tu, Pirro, riman' qui: io andrò a bere un tratto con Damone. Non andare in casa, acciò che Clizia non si infuriassi di nuovo; e, se cosa alcuna accade, corri a dirmelo.

PIRRO. Andate, io farò quanto mi imponete. [*Nicomaco parte*] Poiché questo mio padrone vuole ch'io stia sanza moglie e sanza cena, io son contento. Né credo che in uno anno intervenghino tante cose, quante sono intervenute oggi e dubito non ne intervenghino dell'altre, perché io ho sentito per casa certi sghignazzamenti, che non mi piacciano. - Ma ecco ch'io veggo apparire un torchio: e debbe uscir fuora la pompa, la sposa ne debbe venire. Io voglio correre per il vecchio. O Nicomaco! O Damone! Venite da basso! La sposa ne viene.

Scena decima

NICOMACO, SOFRONIAFRONICOMACOA, SOFRONIASTRAMONDOTA, DAMONE

NICOMACO. Eccoci. Vanne, Pirro, in casa, perché io credo che sia bene che la non ti vegga. Tu, Damone, pàramiti innanzi, e parla tu con queste donne. Eccoli tutti fuora.

SOFRONIA. O povera fanciulla! la ne va piangendo. Vedi che la non si lieva el fazzoletto dagli occhi.

SOFRONIAS. Ella riderà domattina! Così usano di fare le fanciulle. Dio vi dia la buona sera, Nicomaco e Damone!

DAMONE. Voi siate le ben venute. Andatevene su, voi donne, mettete al letto la fanciulla, e tornate giù. Intanto, Pirro sarà ad ordine anche egli.

SOFRONIAS. Andiamo, col nome d'Iddio.

Scena undecima

NICOMACO, DAMONE

NICOMACO. Ella ne va molto malinconosa. Ma hai tu veduto come l'è grande? La si debbe essere aiutata con le pianelle.

DAMONE. La pare anche a me maggiore, che la non suole. O Nicomaco, tu se' pur felice! La cosa è condotta dove tu vuoi. Portati bene, altrimenti tu non vi potrai tornare più.

NICOMACO. Non dubitare! Io sono per fare el debito, che, poi ch'io presi il cibo, io mi sento gagliardo come una spada. Ma ecco le donne, che tornano.

Scena duodecima

NICOMACO, SOSTRAMONDOTA, DAMONE, SOFRONIA

NICOMACO. Avetela voi messa al letto?

SOFRONIAS. Sì, abbiamo.

DAMONE. Bene sta; noi fareno questo resto. Tu, Sostrata, vanne con Sofronia a dormire e Nicomaco rimarrà qui meco.

SOFRONIA. Andianne, che par lor mille anni di avercisi levate dinanzi.

DAMONE. Ed a voi il simile. Guardate a non vi far male.

SOFRONIAS. Guardatevi pur voi, che avete l'arme: noi siamo disarmate.

DAMONE. Andiamone in casa.

SOFRONIA. E noi ancora. [*A parte*] Va' pur là, Nicomaco, tu troverrai riscontro, perché questa tua dama sarà come le mezzine da Santa Maria Impruneta.

Canzona

Sì suave è lo inganno,

al fin condotto immaginato e caro,

ch'altri spoglia d'affanno,

e dolce face ogni gustato amaro!

O remedio alto e raro,

tu monstri el dritto calle all'alme erranti;

tu, col tuo gran valore,

nel far beato altrui, fai ricco Amore;

tu vinci, sol con tua consigli santi,

pietre, veneni, e incanti.

ATTO QUINTO

Scena prima

DORIA SOFRONIA

DORIA. Io non risi mai più tanto, né credo mai più ridere tanto; né, in casa nostra, questa notte si è fatto altro che ridere. Sofronia, Sostrata, Cleandro, Eustachio, ognuno ride. E si è consumata la notte in misurare el tempo, e dicevàno: - Ora entra in camera Nicomaco, or si spoglia, or si corica allato alla sposa, or le dà la battaglia, ora è combattuto gagliardamente -. E, mentre noi stavamo in su questi pensieri, giunsono in casa Siro e Pirro, e ci raddoppiorno le risa; e, quel che era più bel vedere, era Pirro, che rideva più di Siro: tanto che io non credo che ad alcuno sia tocco, questo anno, ad avere il più bello, né il maggiore piacere. Quelle donne mi hanno mandata fuora, sendo già giorno, per vedere quel che fa il vecchio, e come egli comporta questa sciagura. - Ma ecco fuora egli e Damone. Io mi voglio tirare da parte, per vedergli, ed avere materia di ridere di nuovo.

Scena seconda

DAMONE, NICOMACO, DORIA

DAMONE. Che cosa è stata questa, tutta notte. Come è ella ita? Tu stai cheto. Che rovigliamenti di vestirsi, di aprire uscia, di scender e salire in sul letto sono stati questi, che mai vi siate fermi? Ed io, che nella camera terrena vi dormivo sotto, non ho mai potuto dormire; tanto che per dispetto mi levai, e truovoti, che tu esci fuori tutto turbato. Tu non parli? Tu mi par' morto. Che diavolo hai tu?

NICOMACO. Fratel mio, io non so dove io mi fugga, dove io mi nasconda, o dove io occulti la gran vergogna, nella quale io sono incorso. Io sono vituperato in eterno, non ho più rimedio, né potrò mai più innanzi a mogliama, a' figliuoli, a' parenti, a' servi capitare. Io ho cerco il vituperio mio, e la mia donna me lo ha aiutato a trovare: tanto che io sono spacciato; e tanto più mi duole, quanto di questo carico tu anche ne participi, perché ciascuno saprà che tu ci tenevi le mani.

DAMONE. Che cosa è stata? Hai tu rotto nulla?

NICOMACO. Che vuoi tu ch'io abbia rotto? che rotto avess'io el collo!

DAMONE. Che è stato, adunque? Perché non me lo di'?

NICOMACO. Uh! uh! uh! Io ho tanto dolore ch'io non credo poterlo dire.

DAMONE. Deh! tu mi pari un bambino! Che domine può egli essere?

NICOMACO. Tu sai l'ordine dato, ed io, secondo quell'ordine, entrai in camera, e chetamente mi spogliai; ed in cambio di Pirro, che sopra el lettuccio s'era posto a dormire, non vi essendo lume, allato alla sposa mi coricai.

DAMONE. Orbè, che fu poi?

NICOMACO. Uh! uh! uh! Accosta'migli. Secondo l'usanza de' nuovi mariti, vollile porre le mani sopra il petto, ed ella, con la sua, me le prese, e non mi lasciò. Vollila baciare, ed ella con l'altra mano mi spinse el viso indrieto. Io me li volli gittare tutto addosso: ella mi porse un ginocchio, di qualità che la m'ha infranto una costola. Quando io viddi che la forza non bastava, io mi volsi a' prieghi, e con dolce parole ed amorevole, pur sottovoce, che la non mi cognoscessi, la pregavo fussi contenta fare e piacer' miei, dicendoli: - Deh! anima mia dolce, perché mi strazii tu? Deh! ben mio, perché non mi concedi tu volentieri quello, che l'altre donne a' loro mariti volentieri concedano? - Uh! uh! uh!

DAMONE. Rasciùgati un poco gli occhi.

NICOMACO. Io ho tanto dolore, ch'io non truovo luogo, né posso tenere le lacrime. Io potetti cicalare: mai fece segno di volerme, nonché altro, parlare. Ora, veduto questo, io mi volsi alle minacce, e cominciai a dirli villania, e che le farei, e che le direi. Ben sai che, ad un tratto, ella raccolse le gambe, e tirommi una coppia di calci, che, se la coperta del letto non mi teneva, io sbalzavo nel mezzo dello spazzo.

DAMONE. Può egli essere?

NICOMACO. E ben che può essere! Fatto questo, ella si volse bocconi, e stiacciossi col petto in su la coltrice, che tutte le manovelle dell'Opera non l'arebbono rivolta. Io, veduto che forza, preghi e minacci non mi valevano, per disperato le volsi le stiene, e deliberai di lasciarla stare, pensando che verso el dì la fussi per mutare proposito.

DAMONE. Oh, come facesti bene! Tu dovevi, el primo tratto, pigliar cotesto partito, e, chi non voleva te, non voler lui!

NICOMACO. Sta' saldo, la non è finita qui: or ne viene el bello. Stando così tutto smarrito, cominciai, fra per il dolore e per lo affanno avuto, un poco a sonniferare. Ben sai che, ad un tratto, io mi sento stoccheggiare un fianco, e darmi qua, sotto el codrione, cinque o sei colpi de' maladetti. Io, così, fra il sonno, vi corsi subito con la mano, e trovai una cosa soda ed acuta, di modo che, tutto spaventato, mi gittai fuora del letto, ricordandomi di quello pugnale, che Clizia aveva il dì preso, per darmi con esso. A questo romore, Pirro, che dormiva, si risentì; al quale io dissi, cacciato più dalla paura che dalla ragione, che corressi per uno lume, che costei era armata, per ammazzarci tutti a dua. Pirro corse, e, tornato con il lume, in scambio di Clizia vedemo Siro, mio famiglio, ritto sopra il letto, tutto ignudo che per dispregio (uh! uh! uh!) e' mi faceva bocchi (uh! uh! uh!) e manichetto dietro.

DAMONE. Ah! ah! ah!

NICOMACO. Ah! Damone, tu te ne ridi?

DAMONE. E' m'incresce assai di questo caso; nondimeno egli è impossibile non ridere.

DORIA. [*a parte*] Io voglio andare a raguagliare di quello, che io ho udito, la padrona, acciò che se le raddoppino le risa.

NICOMACO. Questo è il mal mio, che toccherà a ridersene a ciascuno, ed a me a piagnerne! E Pirro e Siro, alla mia presenzia, or si dicevano villania, or ridevano; dipoi, così vestiti a bardosso, se n'andorno, e credo che sieno iti a trovare le donne, e tutti debbono ridere. E così ognuno rida, e Nicomaco pianga!

DAMONE. Io credo che tu creda che m'incresca di te e di me, che sono, per tuo amore, entrato in questo lecceto.

NICOMACO. Che mi consigli ch'io faccia? Non mi abbandonare, per lo amor d'Iddio!

DAMONE. A me pare, che se altro di meglio non nasce, che tu ti rimetta tutto nelle mani di Sofronia tua, e dicale che, da ora innanzi, e di Clizia e di te faccia ciò che la vuole. La doverrebbe anch'ella pensare all'onore tuo, perché, sendo suo marito, tu non puoi avere vergogna, che quella non ne participi. - Ecco che la vien fuora. Va', parlale, ed io n'andrò intanto in piazza ed in mercato, ad ascoltare, s'io sento cosa alcuna di questo caso, e ti verrò ricoprendo el più ch'io potrò.

NICOMACO. Io te ne priego.

Scena terza

SOFRONIA, NICOMACO

SOFRONIA. [*sola*] Doria, mia serva, mi ha detto che Nicomaco è fuora, e che egli è una compassione a vederlo. Io vorrei parlargli, per vedere quel ch'e' dice a me di questo nuovo caso. Eccolo di qua. [*a Nicomaco*] O Nicomaco!

NICOMACO. Che vuoi?

SOFRONIA. Dove va' tu sì a buon'ora? Esci tu di casa sanza fare motto alla sposa? Hai tu saputo, come lo abbia fatto questa notte con Pirro?

NICOMACO. Non so.

SOFRONIA. Chi lo sa, se tu non lo sai, che hai messo sottosopra Firenze, per fare questo parentado? Ora che gli è fatto, tu te ne mostri nuovo e malcontento!

NICOMACO. Deh, lasciami stare! Non mi straziare!

SOFRONIA. Tu, se' quello che mi strazii, che, dove tu dovresti racconsolarmi, io ho da racconsolare te; e, quando tu gli aresti a provedere, e' tocca a me, che vedi ch'io porto loro queste uova.

NICOMACO. Io crederrei che fussi bene che tu non volessi il giuoco di me affatto. Bastiti averlo avuto tutto questo anno, e ieri e stanotte più che mai.

SOFRONIA. Io non lo volli mai, el giuoco di te; ma tu, sei quello che lo hai voluto di tutti noi altri, ed alla fine di te medesimo! Come non ti vergognavi tu, ad avere allevata in casa tua una fanciulla con tanta onestade, ed in quel modo che si allevano le fanciulle da bene, di volerla maritare poi ad uno famiglio cattivo e disutile, perché fussi contento che tu ti giacessi con lei? Credevi tu però avere a fare con ciechi o con gente che non sapessi interrompere le disonestà di questi tuoi disegni? Io confesso avere condotti tutti quelli inganni, che ti sono stati fatti, perché, a volerti fare ravvedere, non ci era altro modo, se non giugnerti in sul furto, con tanti testimonii, che tu te ne vergognassi, e dipoi la vergogna ti facessi fare quello, che non ti arebbe potuto fare fare niuna altra cosa. Ora, la cosa è qui: se tu vorrai ritornare al segno, ed essere quel Nicomaco che tu eri da uno anno indrieto, tutti noi vi tornereno, e la cosa non si risaprà; e, quando la si risapessi, egli è usanza errare ed emendarsi.

NICOMACO. Sofronia mia, fa' ciò che tu vuoi: io sono parato a non uscire fuora de' tua ordini, pure che la cosa non si risappia.

SOFRONIA. Se tu vuoi fare cotesto, ogni cosa è acconcio.

NICOMACO. Clizia, dove è?

SOFRONIA. Manda'la, subito che si fu cenato iersera, vestita con panni di Siro, in uno monistero.

NICOMACO. Cleandro, che dice?

SOFRONIA. È allegro che queste nozze sien guaste, ma egli è ben doloroso, che non vede come e' si possa avere Clizia.

NICOMACO. Io lascio avere ora a te il pensiero delle cose di Cleandro; nondimeno, se non si sa chi costei è, non mi parrebbe da dargliene.

SOFRONIA. E' non pare anche a me; ma conviene differir il maritarla, tanto che si sappia di costei qualcosa, o che gli sia uscita questa fantasia; ed intanto si farà annullare il parentado di Pirro.

NICOMACO. Governala come tu vuoi. Io voglio andare in casa a riposarmi, che per la mala notte, ch'io ho avuta, io non mi reggo ritto, ed anche perché io veggo Cleandro ed Eustachio uscir fuora, con i quali io non mi voglio abboccare. Parla con loro tu, di' la conclusione fatta da noi, e che basti loro avere vinto, e di questo caso più non me ne ragionino.

Scena quarta

CLEANDRO, SOFRONIA, EUSTACHIO

CLEANDRO. Tu hai udito come el vecchio n'è ito chiuso in casa; e debbe averne tocco una rimesta da Sofronia. E' par tutto umile! Accostianci a lei, per intendere la cosa. Dio vi salvi, mia madre! Che dice Nicomaco?

SOFRONIA. È tutto scorbacchiato, il povero uomo! Pargli essere vituperato; hammi dato il foglio bianco, e vuole ch'io governi per lo avvenire a mio senno ogni cosa.

EUSTACHIO. E' l'andrà bene! Io doverrò avere Clizia!

CLEANDRO. Adagio un poco! E' non è boccone da te.

EUSTACHIO. Oh, questa è bella! Ora, che io credetti avere vinto, ed io arò perduto, come Pirro?

SOFRONIA. Né tu, né Pirro l'avete avere, né tu, Cleandro, perché io voglio che la stia così.

CLEANDRO. Fate almeno che la torni a casa, acciò ch'io non sia privo di vederla.

SOFRONIA. La vi tornerà, e non vi tornerà, come mi parrà. Andianne noi a rassettare la casa; e tu, Cleandro, guarda, se tu vedi Damone, perché gli è bene parlargli, per rimanere come s'abbia a ricoprire il caso seguito.

CLEANDRO. Io sono mal contento.

SOFRONIA. Tu ti contenterai un'altra volta.

Scena quinta

CLEANDRO, DAMONE

CLEANDRO. Quando io credo essere navigato, e la Fortuna mi ripigne nel mezzo al mare e tra più turbide e tempestose onde! Io combattevo prima con lo amore di mio padre; ora combatto con la ambizione di mia madre. A quello io ebbi per aiuto lei, a questo sono solo: tanto che io veggo meno lume in questo, che io non vedevo in quello. Duolmi della mia male sorte, poiché io nacqui, per non avere mai bene e posso dire, da che questa fanciulla ci venne in casa, non avere cognosciuti altri diletti che di pensare a lei; dove sono sì radi stati e piaceri, che i giorni di quegli si annoverrebbono facilmente. Ma chi veggo io venire verso me? È egli Damone? Egli è esso, ed è tutto allegro. Che ci è,

Damone, che novelle portate? Donde viene tanta allegrezza?

DAMONE. Né migliori novelle, né più felice, né che io portassi più volentieri potevo sentire!

CLEANDRO. Che cosa è?

DAMONE. Il padre di Clizia vostra è venuto in questa terra, e chiamasi Ramondo, ed è gentiluomo napolitano, ed è ricchissimo, ed è solamente venuto, per ritrovare questa sua figliuola.

CLEANDRO. Che ne sai tu?

DAMONE. Sòllo, ch'io gli ho parlato, ed ho inteso il tutto, e non c'è dubbio alcuno.

CLEANDRO. Come sta la cosa? Io impazzo per la allegrezza.

DAMONE. Io voglio che voi la intendiate da lui. Chiama fuora Nicomaco e Sofronia, tua madre.

CLEANDRO. Sofronia! o Nicomaco! Venite da basso a Damone.

Scena sesta

NICOMACO, DAMONE, RAMONDO, SOFRONIA

NICOMACO. Eccoci! Che buone novelle?

DAMONE. Dico che 'l padre di Clizia, chiamato Ramondo, gentiluomo napolitano, è in Firenze, per ritrovare quella, ed hogli parlato, e già l'ho disposto di darla per moglie a Cleandro, quando tu voglia.

NICOMACO. Quando e' fia cotesto, io sono contentissimo. Ma dove è egli?

DAMONE. Alla Corona, e gli ho detto ch'e' venga in qua. Eccolo che viene. Egli è quello che ha dirieto quelli servidori. Facciànceli incontro.

NICOMACO. Eccoci. Dio vi salvi, uomo da bene!

DAMONE. Ramondo, questo è Nicomaco, e questa è la sua donna, ed hanno con tanto onore allevato la figliuola tua; e questo è il loro figliuolo, e sarà tuo genero, quando ti piaccia.

RAMONDO. Voi siate tutti e ben trovati! E ringrazio Iddio, che mi ha fatto tanta grazia, che, avanti ch'io muoia, rivegga la figliuola mia, e possa ristorare questi gentiluomini, che l'hanno onorata. Quanto al parentado, a me non può essere più grato, acciò che questa amicizia, fra noi per i meriti vostri cominciata, per il parentado si mantenga.

DAMONE. Andiamo dentro, dove da Ramondo tutto il caso intenderete appunto, e queste felice nozze ordinerete.

SOFRONIA. Andiamo. E voi, spettatori, ve ne potrete andare a casa, perché, sanza uscir più fuora, si ordineranno le nuove nozze, le quali fieno femmine, e non maschie, come quelle di Nicomaco.

Canzona

Voi, che sì intente e quete,

anime belle, esempio onesto umile,

mastro saggio e gentile

di nostra umana vita udito avete;

e per lui conoscete

qual cosa schifar dèsi, e qual seguire,

per salir dritti al cielo,

e sotto rado velo

più altre assai, ch'or fora lungo a dire:

di cui preghian tal frutto appo voi sia,

qual merta tanta vostra cortesia.